사랑하게 될 줄 알았어

사랑하게 될 줄
알았어

천지혜 에세이

상상출판

당신이 마음을 열고 다가오는 만큼
당신에게 조금 더 다가갈 수 있기를

어느 누구보다 아름다운

당신을 위하여

한 뼘의 위로가 필요한 날

누군가에게 하고 싶은 말을 결국 하지 못하고
목에서 꿀꺽 다 삼킨 날.
그 말을 삼켜내는 식도와 가슴의 거리만큼
나는 외롭고 슬펐다.

아직도 세상의 작은 말에 흔들리는 나는
작은 말에도 덤덤해지기까지 한참의 시간이 걸렸다.

그럴 때마다 짧은 글을 쓰며
내 속에 삼켰던 그 한마디를 잊었다.
그렇게 오래도록 서운했던 그 한마디를 씻어냈다.

나중에야 그런 생각이 들었다.
누구에게나 자잘하게
한 뼘만큼의 위로가 필요한 날이 있겠구나.
귀와 머리가 상처를 잊어도,
가슴에는 자욱이 남을 때가,
가만히 들여다보니 그 상처에
못난 흉이 져 있을 때가 있다.

맥주 몇 잔에 이 상처를 묻어둘 때도,
사람들과 떠들썩한 수다로 모른 척
다시 덮어둘 때도 있지만
딱 이 한 뼘만큼을 위로해 줄 글이 필요하다.

그래, 작은 위로와 공감.
그 한마디면 오늘 하루도 되었다 싶은 날.
그날을 당신과 함께할 수 있다면.

당신이 마음을 열고 다가오는 만큼,
나 또한 당신의 가슴에
조금이라도 더 다가갈 수 있으면 좋겠다.

이 책을 집어 든 당신의 보드라운 눈빛이
나에겐 무엇보다도 아름답다.

목차

1

지구에서 우리가 만났대

✲

2
나는 우리가 사랑인 것 같아

✦

3

어른도 성장통을 앓는다

✦

4
나를 사랑할 수 있도록

✦

5

너로서 충분해

✦

1

지구에서 우리가 만났대

시작

마음이 시작된다
비가 내린다
기억의 망막에 깊이 새겨
오래오래 간직하고픈 순간이
나에게 내린다

잊히고 말지라도
애써 새겨두고픈 순간이
가랑비에 옷 젖는 줄 모르고
마음 적신다

내가 사랑을 믿었던 적 있나

너무 많은 생각이 나를 감싸고
너무 많은 말들을 늘이고 싶어서
어느 것에도 집중이 되지 않는다

공유하고 싶다
이 충만함을

이 찰나를

실패로 가득한 나의 어제들을
돌부리에 걸리고 넘어진 어제들을
그 어제들은 나를 겁쟁이로 만들고
당신의 용기를 기다리게 한다

내가 당신의 용기를 받아들일 수 있을까
그래도 될까

시작할 수 있는 약간의 용기가 있다면,
당신은 언제든 시작할 수 있는 사람.
실패에 겁먹어 시작을 두려워하지 말 것.

생각

생각이
켜켜이 쌓인 생각들이
나를 망설이게 한다
두렵게 한다
두려워 조바심이 난다
초조함을 숨길 수 없다

당신도 내가 보고 싶을까

이해할 수 없는 감정선을
이해할 수 있게 받아들일 수 있게
다듬고 고치고
지우고 다시 쓴다

여전히 나는 두렵다
이 떨림이 처음처럼 낯설기만 하다

어떻게 어설프지 않을 수 있겠니

약
속

아무렇지 않았던 순간

아무렇게 되는 순간

눈이 마주치는 순간

바로 지금 이 순간

매듭

생과 인연의 실은 얽히고설키며 매듭이 되고
가끔은 끊어질 듯 팽팽히 당겨지고
풀리지 않을 만큼 심하게 꼬여버리고
그렇게 결국 끊어지고도 다시 이으며
나는 실 그 자체가 된다

끝을 모르는 실타래

양 끝의 실이 만나는 그 순간
내가 나를 만나게 되는 그 순간
엉성했던 나는 매듭이 된다

동화

부정적 감정을 부정한다
애정이 깃든 것들을 애정한다
다정한 말에 다정해진다
무심한 표정에 무심해진다
차가운 사람에게 차가워진다
친절함 앞에서 친절해진다
상냥한 물음에 대답이 상냥해진다

상대가 울면 따라 울게 된다
상대가 웃으면 따라 웃게 된다
나는 맞은편에 쉽게 동화된다

그러니 우리는 좋은 것들만 주고받아야 한다

사람은 받은 만큼 주게 돼요.

준 만큼 받게 되기도 하죠.

그건 나쁜 게 아닙니다.

우리는 함께 사는 존재니까요.

한마디

무심코 건넨 상대의 말 한마디가 때론
한 사람의 생에 뿌리를 내린다

압
축

압축을 통한 아름다움은 또 하나의 예술이다

잘 골라낸 말 한마디보다 아름다운 것은 없다

변
화

그런 친구가 있다.
좋다,
좋다,
좋다.
라고 자주 말하는 친구.

오늘은 햇살이 좋다, 들꽃이 예쁘다,
하늘이 멋지다, 바람이 선선해 기분 좋다,
그 아이가 자꾸 나에게 좋다, 좋다, 좋다, 말해주자
그전까지는 평범하게 느껴졌던 모든 것들이
하나둘 새롭게 깨어나기 시작했다.

그냥 좋은 것도 더 좋아지고,
진짜 좋은 건 더 좋아지고.
좋아서, 더 좋아졌다.

좋은 걸 보면 네가 생각났다.
네가 참 좋아할 풍경이다, 그런 생각을 하며
너의 좋음이 나에게 번져서인지
자꾸 네 생각이 났다.

좋은 날,
내 일상에 숨 쉬고 있는 작은 행복을 발견한 어느 날,
나는 사랑스러운 그 친구를 떠올리며
다시 한번 발음해 본다.

좋다.

별

빤한 내숭을 부리며 새침을 떨 때
사근사근 기분 좋은 말을 건넬 때
아무것도 안 해도 감정이 보일 때
너의 마음을 아낌없이 보여줄 때
네가 꿈꾸는 미래에 내가 있을 때
나의 말투와 손짓들을 따라 할 때
재미없는 농담에 웃음 터뜨릴 때

나의 단점을 장점으로 해석할 때
아낌없는 칭찬으로 나를 채워줄 때
어떤 내 모습도 미움 없이 끌어안을 때
실수투성이인 나를 포용하고 이해할 때

예상치 못한 순간에
감히 예상할 수 없었던 나의 마음과
나조차도 알지 못했던 나의 어긋남을
정확히 알아차릴 때

알 수 없이 답답한데도 무엇이 잘못된지 몰라
비 맞은 강아지처럼 낑낑댈 때도 너는
따듯한 온기로 나를 끌어안는다

나보다 나를 더 잘 아는 네가
너라는 존재가
나에게로 와 별이 된다

오랜 익숙함과 편안함 속에
여전히 우리는 함께하고 있다

내 안에서 밝게 빛나는 당신을
나의 별이라 불러도 될까?

희극

돌이켜보면 나의 인생은 언제나 희극이었다
얼마나 감사한가

돼먹지 못한 농담
어설픈 말장난
소소한 해프닝
피할 수 없던 우연들

그때마다 나는 언제나 웃고 있었다
웃고 싶다, 행복해지고 싶다, 사랑하고 싶다
내 앞에 펼쳐질 전개와 결말이 정해져 있어도
나는 간절히 바라고 기도했다

나는 너를 사랑하고 싶다.

어떤 결말이든

희극으로 해석하면 희극

추억은 엽서처럼

평범하게만 느껴졌던 순간이
내 삶을 바꾸기도 한다
한 장의 엽서처럼 두고두고 남아
곱씹고 되뇌며 꺼내어 보게 되는 것
그 그리움이 바로 추억이다

한 장의 엽서로 남은 날들을 떠올리면
때로는 입꼬리가 올라가고
때로는 코끝이 시큰해지고
때로는 사무치게 그리워지며
딱딱했던 감정이 말랑해지고
차가웠던 머리가 따스해진다

나는 가끔 눈을 감고
가장 먼저 달려오는 기억을 삽화처럼 펼쳐놓고
차를 마시듯 조용히 음미한다

피하고 싶어도 피할 수 없는 아픈 기억과
원치 않게 누군가를 상처입힌 순간도 있었다
삶의 이유가 된 뭉클한 변곡점도,
누군가가 건넨 다정에 가없이 감화된 적도 있었다

내가 간직한 엽서들이 어떤 색이든 상관없이
진하고 선명하게 남는 기록들이 추억이 되어
오늘도, 내일도 이어지기를

믿
음

이곳은 아주 사적인 믿음의 공간입니다.
다들 손을 모으고 무언가를 빌고 있습니다.

나는 이곳에서 무엇을 소원하는가,
자신의 안에 든 티끌을 살핍니다.

티끌이 많아 마음이 혼탁하네요.

당신이 믿는 것은 무엇인가요?
무엇을 간절히 바라 이곳까지 왔나요?

당신이 믿는 것이 무엇이든,
믿음이 필요한 사람에게는 저마다
마땅한 사연이 있습니다.

당신의 믿음을 믿습니다.
당신의 바람이 이루어지기를 바랍니다.

감정 소모

사람을 대할 때면 언제나 솔직해지고 싶었다
진심만을 말하고 진실만을 보여주고 싶었다
그런데 언제부턴가 나도, 상대도 거짓으로 대화하고
거짓으로 통하며 거짓 관계를 쌓아 올렸다

거짓으로 쌓아 올린 우리가 괜찮을 수 있나
진짜 나의 모습을 들킬까 고민하지 않고
진정한 모습을 완전히 드러낼 수 있을까

온전히
사랑이 가능한가

모든 사랑이 나를 갉아먹는다.

사랑 앞에서 우리는 비로소 진실되고,

사랑 앞에서 우리는 결국 거짓된다.

이렇게 좀먹으며 여전히 사랑을 한다.

읽히기 위하여

소설, 시, 시나리오, 에세이
무엇을 쓰든 마찬가지야
읽을 사람 없이는 무용하다는 것

마음도 마찬가지지
나를 읽어줄 사람 없이는
나의 마음 씀도 무의미해

그러니 누군가가 나를 읽어준 순간
내가 누군가를 읽어준 순간은
기적과 같은 순간이야

쓺은 읽히기 위하여 존재한다.
더 잘 쓰고 싶은 이유는
더 가까이 가닿고 싶어서다.

나는 네가

나는,
네가 춥지 않았으면 좋겠어
네가 배고프지 않았으면 좋겠어
네가 외롭지 않았으면 좋겠어
네가 슬프지 않았으면 좋겠어
네가 공허하지 않았으면 좋겠어
네가 절망하지 않았으면 좋겠어

마음이 아플 땐 작은 실패마저 삶이 나락으로 굴러 떨어지는 것만 같으니까⋯ 나는 네가 건전지가 다 되었다는 이유로, 샴푸가 바닥을 보인다는 이유로, 세탁기 돌리는 것을 잊었다는 이유로, 신발 끈이 풀렸다는 이유로, 사실은 사소하지만 그 순간엔 서러워 죽을 것 같은 그런 이유로 울지 않았으면 좋겠어

나는,

네가 해낼 수 있을 거라고 믿어

네가 좋은 사람이라는 걸 알아

네가 너를 미워하지 않았으면 해

네가 너로서 충분해지기를 바라

네가 너의 가치를 알았으면 좋겠어

너는 행복해질 수 있어

너는 괜찮아질 거야

결국 나아질 거야

지금 네가 겪는 절망감이 너의 결말은 아니야

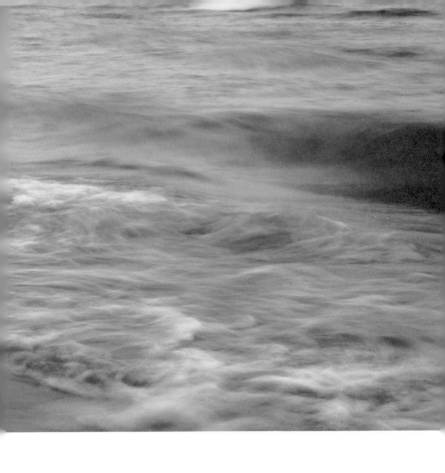

그래도 슬픔이 파도처럼 밀려들면

파도가 잠잠해질 때까지 곁에 있을게.

긍정성

네가 나에게 온다

그러니 나는 가만히 앉아
네가 오기만을 기다린다
언제쯤 도착할까?
어떤 표정으로 나를 반겨줄까?
생각하며 기대하고 기다리고
다시 기다리고 또 기다리고
이 애타는 기다림이 싫지 않다

네가 나를 만나러 온다는 게
나를 잊지 않고 찾아준다는 게
마음이 따스해질 만큼 고맙다

한없이 나를 긍정하는 네 앞에선
나도 나를 긍정하게 된다

고마워
그리고 사랑한다고 말할 수 있기를

만남

수많은 이별을 지나 당신에게 닿았습니다.

나는 지금 전속력으로

너에게 가고 있어.

새
싹

나는 내가 무언가를 돌볼 수 있는 사람이
절대 될 수 없을 거라고 생각했다
나의 손에서는 뭐든 쉽게 힘을 잃는다고

무언가를 키우거나 돌보는 일은 늘 무서웠고
나의 일이 아닌 것 같아 도망치고 회피했다

그러다가,
예상치 못하게…
의도치 않게‐

잡초를 뽑아 아무렇게나 모아둔 곳에서
다시 피어나는 푸른 잎을 보았다
그 순간 잡초는 잡초라는 이름을 탈피하여
새싹이라는 귀여운 이름으로 나에게 왔다

내가 애쓰지 않아도
무언가 피어나고 있다는 사실은
나를 얼마나 충만하게 만드는가

평행선

우리 사이에 거리가 있다

애써도 닿지 않는
평행선상

멀어지지 않는다

가
족

너를 버린 적이 있는 사람을 다시 사랑할 수 있니?

나에겐 가족이 그랬다.
가끔은 내가 가족을 등졌고,
가끔은 가족이 나를 등졌다.

태어나 내가 처음으로 만든 관계, 처음으로 소속되는 집단인 가족마저 뜻대로 되지 않았다. 많은 사람들이 가족과의 불화를 겪었고 부모 혹은 형제와 부딪혔으며 극복되지 않는 갈등을 마주하고 슬픔에 잠겼다.

우리는 이미 가족을 통해 알고 있다.
사람과 사람의 관계는 그리 순탄치 않다는 사실을.
좋았다가 싫었다가, 싸웠다가 억지로 화해했다.
마냥 좋기만 한 순간이 계속 이어질 수는 없었다.
가족이라는 걸 견디며 우리는 알아버렸다.

하지만 그들이 없었다면, 나는 얼마나 외로웠을까?

우주에 홀로 남겨진 채 끝없이 부유하고,
나보다 거센 운석들에 부딪혀 잘게 부서지고,
외롭게 외롭게 외롭게 떠돌았겠지.

가족이 나의 세계에 간섭하는 건 신물 나는데
왜 그들에게서 멀어지고 싶지 않을까.
왜 그들이 없으면 안 될 것 같을까.

끝까지 차가워질 수도,
끝까지 뜨거워질 수도 없다.

함께일 땐 괴롭고,

따로일 땐 외로운,

나의 편.

필요

네가 마음을 열고 다가온 만큼
나도 마음을 열고 너를 맞을게

네가 재고 따지지 않는다면
나도 손에서 계산기를 놓을게

네가 나를 기다려 준다면
당장 너를 향해 달려갈게

네가 나를 필요로 한다면
너에게 필요한 사람이 될게

네가 혼자 밥을 먹고 있을 땐
너의 맞은편에 앉을게

친구가 필요하면 친구가 돼 줄게
연인이 필요하면 연인이 돼 줄게
가족이 필요하면 가족이 돼 줄게

네가 나에게 필요한 만큼
너에게도 필요한 사람이 될게

누군가의 온기가 절실히도
필요할 땐 필요하다고 말하기로 해.
괜한 자존심으로 혼자 앓지 말고.

상상력

행복의 절반은 상상력에 기대어 있다
나에게 일어날 기쁨들을 상상해 보자
할 수 있는 한 오래 떠올려 구체화하자
어떤 것이 나를 행복하게 할 수 있는지 떠올린다면
꼼꼼하고 정확히 묘사할 수 있다면
기꺼이 그 행복에 가까워질 수도 있는 법이다
간절히 바라면 이룰 방법을 알게 되거든
상상은 기어코 현실이 된다

2

나는 우리가 사랑인 것 같아

충분

그냥

충분한 사랑 속에서
의지할 사람 곁에서
나의 불안은 불안이 아니게 돼
나의 우울은 우울이 아니게 돼

그냥

나의 망설임은 망설임이 아니게 돼
너의 망설임도 망설임이 아니게 돼

그냥

그냥 그래.

그저 그래.

그냥 이유도 없이 나도 모르게 어느덧.

환
희

그토록 환한 빛이 내 안으로 스민 적 없었다
비바람이 몰아쳐도 세상이 빛나고 따스했다
너의 걸음과 나의 걸음이 다르지 않아서
나는 환했다

시간이 흐른 뒤에 너는 나에게 말했지

"사실 네 걸음이 조금 빨랐어.
나를 조금씩 앞서갔어.
나의 망설임과 주저함을 뒤로 한 채
나는 너의 뒤를 따라갔어."

발걸음을 맞추어 나아가는 시간.

어떤 속도에도 정답은 없다.

걸음이 빠른 사람은 걸음을 늦추고,

걸음이 느린 사람은 걸음을 빨리하며,

중간을 찾아가는 시간.

사
랑

마음대로 제어되지 않는다.
내가 할 수 있는 것이 없다.
나에겐 선택권이 없다.

진
심

당신의 진심을 가지고 싶습니다

자다가 깨었을 때 외롭지 않은
깊은 잠에 빠졌을 때도 무탈한
잠든 나를 하염없이 바라보는 눈빛을 떠올립니다

그 눈빛을 믿고 싶습니다
그 속에 진심이 있기를
그 진심이 오래도록 변하지 않기를

나도 당신에게 진심을 줄 테니
당신도 나에게 진심을 주기를

진심을 드릴게요.

기꺼이 다 드리겠습니다.

차가운 당신의 삶에 난로를 켜줄게요.

그리움 앞에 선 사람

정신없이 일을 하다가 갑자기
심장이 내려앉고 가슴이 먹먹해지며
정신이 아득해지는 순간이 있다.

그 순간은 뜬금없이 나를 찾아와
나를 먹통으로 만들어 버린다.
손 하나 까딱할 수 없고
멍하니 허공을 응시하게 되고
가슴은 쉴 새 없이 욱신거린다.

원인을 알 수 없는 그리움이 병처럼 찾아온다.
이 그리움은 어디에서 비롯되었나.
정체를 알 수 없는 감정이다.
어떤 손이 심장을 꽉 움켜쥐고
나를 뒤흔드는 것만 같다.
멀쩡하다가도 문득 찾아오는 이 그리움은
삶을 향해있나, 추억을 향해있나, 그것도 아니면
당신을 향해있나.

그리움이 깊어질 땐 오히려 혼자 있고 싶어진다.
누군가의 위로도, 온기도 필요 없이
그저 그리워만 하고 싶다.

무엇을 그리워하지는지도 모른 채
그리움으로 살아가는 것도
그리 나쁘지 않으니까.

갈증

불현듯 생기는 목마름처럼
사막 위를 오래 거니는 유랑자라도 된 것처럼
해소되지 않는 갈증이 불현듯 삶에 치민다

어떤 목마름은 아무리 목을 축여도
해결되지 않는 마음의 허기다

타는 목마름으로
타는 마음으로

이 유랑이 방황이 아니기를

혀끝에 걸리는 말

하려다 만 말들이 많다
가까울수록 해야 할 말을 삼키게 된다

고생하고 돌아온 동생에게는
수고했다는 말 대신 시답잖은 농담
"올 때 메로나"

살가운 말을 건네려다가도 목구멍에 돋친 가시에
다정함이 걸려 입속을 맴돈다

보내지 못한 메시지들이 쌓여만 간다
보내지 못하면 사라지기라도 하면 좋으련만
사라지지는 않고 그저 살아서
내 안에 차곡차곡 쌓이며 미련을 늘려가고 있다

이렇게 열심히 나를 응원해 주는 사람은 너뿐이라고
내가 이렇게 열심히 할 수 있는 건 너 때문이라고
결국 가시를 넘지 못한 진심을 삼킨다
나의 침묵은 시끄럽기만 하다

오늘 너의 표정은 어땠어?

웃어줘

단지 나를 위해

도저히 입꼬리가 올라가지 않는 날에는

누군가의 웃음소리가 오히려 위로된다.

"쟤는 뭐가 저렇게 즐겁지?"가 아닌,

나에게 번질 그 안온함을 소망하며-

버스 정류장에 앉아

전화가 울리기를 기다리고 있어요
당신의 목소리가 나에게 닿기를
평범한 일과를 공유할 수 있기를
보잘것없는 일이 보잘 것 있어지는 순간을
그저 나는 기다리고 있어요

내가 먼저 전화를 걸면 되지만
당신을 향한 마음이 커서 차마 그러지 못하네요
혹시나 당신의 고요를 방해할까 봐
혹시나 당신의 소란에 소란을 더할까 봐
나는 그저 기다리는 사람이 돼요

사랑은 참 이상하죠
따스한 햇살과 기분 좋은 바람을 맞으며
꽃이 피어난 들판 앞의 버스 정류장에 앉아
마을버스를 기다리고 있는 기분이 들어요
기다림이 싫지 않아요
언제 올지 모르는 그 버스가 나를
내가 원하는 곳으로 데려다줄 테니까요

긴말

　　말과 말을 주고받으며 말을 길게 늘이는 동안, 말이 성가시다는 생각이 들었다. 어디까지를 말하고 어디까지를 말하지 않아야 하는지 끊임없이 고민하면서도 상대의 말에 반응하고 상대 또한 나의 말에 반응하면서 대화가 길게 길게 길게 늘어졌다. 그 긴말 사이에서 우리는 듣고 싶은 말만 쏙 빼서 듣고 그 몇 문장이 우리가 나눈 긴말의 전부가 된다. 이럴 줄 알았으면 처음부터 딱 그 말만 할걸 그랬지. 너도 그렇고 나도 그렇고 너무 많은 말을 낭비했어. 그래도 우리는 말한다. 네가 나의 전부야. 너한테 주는 건 아깝지가 않아. 너를 만나는 일은 피곤하지가 않아. 너 때문에 내가 살아있는 것 같아. 너랑 하고 싶은 게 많아. 내일 우리 뭐 할래? 그 말들은 '사랑해'라는 말 한마디로 대신

치환할 수 있다. 그 수많은 말들을 지나쳐 사랑한다는 말 하나만이 깊게 남으니까. 그러니까 우리의 말은 말이야. 성가실 만큼 말이 많다. '사랑해' 세 글자면 될 걸 이렇게 말을 길게 늘이는 까닭은 그 말을 내뱉는 데에 너무 많은 용기가 필요해서 그래. 길고 길게 늘이다가 이윽고 사랑한 다는 말을 건넬 수 있게 되는 거야. 세 글자로 끝내기에는 마음이 너무 길고 깊고 커서.

정
화

너를 통해 외로움을 극복한다.
나의 허기, 불안, 공허로부터 벗어난다.

드
라
이
플
라
워

아름다운 꽃들이 아무렇게나 꺾여 바닥에 떨어져 있으면, 나는 그 꽃들을 조심조심 주워 집으로 가지고 간다. 조그마한 꽃은 읽고 있던 책에 끼워 압화로 만들고, 큰 꽃은 여러 송이를 모아 거꾸로 매달아 말린다. 바싹 말라 또 다른 형태가 되는 들꽃을 보면 이상한 감정이 밀려든다. 무심코 꺾인, 어쩌면 무심코 지나칠 수 있던 들꽃이 내 앞에서 말라간다. 시간을 간직한 채 말라간다. 꺾이고 떨어졌다 해도 간직하고자 하면 어떻게든 간직할 수 있다. 그렇게 끝을 지연시키기 위해 노력한다.

충분한 사람

나는 있는 그대로의 네가 마음에 들어

웃을 때 살짝 처지는 눈꼬리
느리게 주위를 살피며 걷는 발걸음
추위에 쉽게 붉어지는 얼굴이나
말끝을 늘리는 사소한 버릇까지도

네가 싫어하는 모습들이 나는 마음에 들어

너는 처지는 눈꼬리가 우울하다고

느린 발걸음이 답답하다고
붉어지는 얼굴이 창피하다고
늘어지는 말끝이 우유부단하다고
너의 사랑스러움을 싫어하지만

나는 너의 모든 게 마음에 들어
너라서 마음에 들어

"네가 어떤 모습이든
나에겐 중요하지 않아"

ing _____

당신은 자꾸 내가 무엇이 되게 만든다
무엇이든 될 수 있게 만든다

당신은 자꾸 나를 쓰는 사람으로 만든다
사랑함으로써 사랑을 쓸 수 있게 만들고
그리워함으로써 그리움을 쓸 수 있게 만든다

만약 사랑에 빠진 우리가 무언가 되어가는 중이라면
사랑의 파동이 너무 커서
삶이 전과 다르게 생생하게 요동치고 있어서
살아있음을 느낄 수 있어서
그런 이유들 때문이 아닐까

사랑을 통해 나는 되어가고 있다

혼자

언제나 혼자 잠들던 내가
혼자 잠드는 것이 어색해지고

혼자 밥 먹는 것이 익숙하던 내가
식탁에 나만 자리한 게 싫어지고

혼자 영화관에 가 영화를 보던 내가
영화관 암전의 순간이 외로워지고

그러니까 뭐든 혼자서 잘하던 내가
덜컥 당신 없이 못 사는 사람이 되고

내가 긴 시간 쌓아 올린 나의 자립심은
당신에 의해 의지와 상관없이 무너지고

네가 좋은 이유

상대가 나를 싫어하고 있다는 것을 감각하게 되면 저절로 위축된다. 어떤 행동이 상대를 불쾌하게 만들었을지 고민한다. 타인의 시선을 지나치게 의식한 나머지, 말과 행동이 과장되거나 위축된다. 신경 쓰지 말자고 다짐하고도 자꾸 눈치를 보게 된다. 나에게서 이유를 찾으려 했기 때문에 나를 고치려 한다. 사실 이유는 상대에게 있는 것인데. '그 사람이 왜 나를 싫어할까' 질문하는 대신, 나를 좋아하는 사람들을 바라보기로 한다. '저 사람은 나를 왜 좋아할까?' '나의 어떤 점을 좋아하고 있을까?' 이유 없이 나를 싫어하는 사람이 있듯 이유 없이 나를 좋아하는 사람도 있다. 이유라는 것은 스스로 만들어 나가기 마련이다.

너 ────

어디를 가나 네가 보인다.
너는 내 삶에 스며있다.
봄날의 따스함처럼,
여름날의 윤슬처럼,
가을날의 개운함처럼,
겨울날의 눈꽃처럼.
나는 너에게 스며들었다.

From. _____

　당신을 생각하며 편지를 씁니다. 편지가 길어질 때면 내 의지와 무관하게 온몸이 아파져요. 마음을 글로 써서 형태로 만드는 일은 참 어렵습니다. 간편하게 말이나 메시지로 전달할 수도 있겠지만 내가 군이 이렇게 펜을 꾹꾹 눌러 쓰는 까닭은, 그래야만 나의 마음 일부라도 당신에게 닿을 것만 같아서예요. 창피한 필체일지라도 잘못 써밑줄을 그은 흔적이, 잉크가 뭉친 자국이, 이 편지를 쓰는동안 내가 얼마나 당신을 그리워하고 마음을 전하기 위하여 고민했는지를 보여줄 테니까요. 편지가 사라져가는 세상에서 여전히 편지를 쓰고 있을 때면 나를 감싼 시간이멈춘 듯 고요해집니다. 오로지 당신만을 떠올릴 수 있음에감사해집니다. 당신에게 보낼 편지를 쓰는 것만으로도 당신을 향한 마음이 충만해집니다. 종이 한 장에 내 모든 마음을 담아, 당신을 애정합니다.

데
칼
코
마
니

사소한 취향 하나가 겹친다는 이유만으로 많은 것들을 예단하기도 한다. 사소한 코드 하나가 잘 맞으니 그 외의 코드도 나와 잘 맞을 거라고 단정 짓는다. 상대가 나와 잘 맞을 것이라고 추측하고 사실 간절히도 나와 잘 맞기를 바란다. 간절함이 만들어 낸 환상에는 오류가 뒤따르는 법이다.

신호등의 주황 불에는 움직임을 멈추어야 한다. 주황 불을 초록 불이라고 착각하면 안 된다. 관계도 마찬가지다. 주황 불에 건너면 결국 그 건널목에서 위험한 상황에 처할 수밖에 없다. 그러니 사소한 취향 하나가 겹친다는 이유로 상대에게 큰 기대를 거는 예단은 때로는 틀리고 가끔은 커다란 간극을 낳고 엄청난 오해를 불러일으킨다.

솔직히, 어느 누가 나와 똑같겠어. 어느 누가 나와 데칼코마니처럼 같을 수 있겠어. 그걸 아는데도 나는 자꾸 나와 완전히 잘 맞는 사람이 어딘가에 있을 것만 같다. 인간은 태어나며 외로워지는 존재이기에 끊임없이 유사성을 찾아 헤맨다. 그러니 '끼리끼리' 어울리게 된다. 어떤 집단에 얼마나 많은 인간이 모이게 되더라도 비슷한 사람들은 기어코 서로를 알아본다.

이유는 간단하다. 인간은 어쩔 수 없이 게으른 존재라 그렇다. 타인에게 자신을 이해시키기 위해 많은 시간을 할애하고 싶지 않고 설득의 과정을 경험하고 싶지 않으며 내가 좋아하는 것을 상대가 좋아할 때, 내가 싫어하는 것을 상대가 싫어할 때의 알맞음에 희열을 느껴서다. 그러니 운명을 믿는 이유조차 게으름에서 파생되었다고 할 수 있다.

게으른 운명론자인 우리는 조금이라도 결이 비슷한 사람을 만나면 반갑다. 내가 간절히 기다린 상대를 이윽고 만난 것처럼 반갑다. 나와 비슷한 사람이 존재한다는 사실만으로 내가 잘못되었다는 생각으로부터 자유로워질 수 있으니까. 코드가 같다는 건 내가 틀리지 않았다는 거니까. 다수의 안정감 속에 파묻히고자 하는 것이다.

그래서 나는 여전히 쉽게 단정 짓고 기대한다. 하지만 결국 나와 비슷하다고 여긴 사람도 어느 순간 나와 완전히 다른 객체이자 개체임을 이해하게 되는 순간이 온다. 같은 줄 알았던 사람이 나와 다를 때는 그 기대감 때문에 더 상처 입는 것일지도. 그러니 우리가 누군가를 제단하고 예단하는 것조차 사실 어쩔 수 없는 일이었다. 삶의 여정은 길고 외롭기만 해서 함께 걸어갈 사람을 찾는 것이다.

홀로 태어난 우리는 혼자인 게 두려워

반쪽을 찾는 것일지도 몰라.

애착

결국
내 사랑과 애착은
모두 당신을 향해있다

가득 차 흘러넘치는 마음이
또 어디론가 번져간다

당신으로부터 출발한 나의 긍지와 애정이
내가 지나는 자리에 남는다

가슴에 가득 채워진 마음으로

3

어른도 성장통을 앓는다

발
걸
음

나는 오래 좌절했어
떠올릴 수 없을 만큼 아주 오래

타인의 발걸음에 맞추기 위해서 나는
아주 오래 맞지 않는 속도로 걸었지

숨 가쁘게 재촉한 걸음
답답하게 느린 걸음
걸음 걸음 걸음마다

내가 가는 길이 어렵게만 느껴졌던 이유는
내가 어렵게 걸었기 때문이구나

헤맴

사랑을 찾아 헤매고
삶의 의미를 찾아 헤매고
내 모든 헤맴이 사실 삶이었음을

눈부신 내일을 꿈꾼다
온전한 하루를 꿈꾼다
믿지 않았던 미래를 믿는다

이제 삶의 의미를 조금 알 것 같아
매일 내가 알지 못했던 존재를 알게 되고
하나하나 마음 주게 되면서
결국, 사랑하면서

어쩌면 헤맴의 끝이 막다른 길일지라도

그 길을 통해 배운 게 더 많다
지금이 아니면 배울 수 없는 깨달음이니까

나는 나와 교신하며
어제와 다르지 않은 미로 속에서도
웃을 수 있다

길을 잃었던 순간은
길을 찾아가던 과정이었다.
미로 속에 갇힌 것 같다고
너무 좌절하지 말기를.

자
기
애

　나는 자주 외로웠다. 사랑받지 못할 땐 나마저 나를
사랑하는 법을 알지 못했다. 수많은 관계 속에서 사랑을
경험하고 또 이별을 경험하며 나의 애착은 늘 내가 아닌
타인을 향해있었다. 그래서 조금만 힘이 들어도 사랑이 그
리웠다. 사랑만이 나를 호전시킬 수 있을 것 같았다. 그렇
게 타인을 사랑하면 나는 더 외롭고 공허해졌다. 나는 내
가 이렇게 외로워질 줄 몰랐다. 그런데도 끝없이 같은 방
법을 선택했다. 잘못된 줄 알면서도 잘못된 선택을 했다.
모든 것들이 지겨워 갈구를 멈추고 나의 근원이 외로움임
을 받아들였을 때, 나는 외로움과 함께 살 수 있게 되었다.
나에게 방을 하나 내주었다.

척

엄한 자존심을 세웁니다
상처받고도 아무렇지 않은 척하고
간절했으면서도 덤덤한 척합니다

관계의 을이 될까 봐
상처입혀도 되는 사람처럼 보일까 봐
벽을 세우고 자신을 방어하면서
감정을 숨기고 진심을 숨기며
혼자 숨바꼭질합니다

사실 들켜도 되는데
나를 보여줘도 되는데
있는 그대로의 나를 받아들이지 못하면
나도 그들을 받아들이지 않으면 되는데

나는 자꾸
괜찮은 척
아닌 척
아무렇지 않은 척
'척'하고

사실 나는 내내 혼자 숨바꼭질 중이었습니다
진짜 나를 찾으려는 나와
진짜 나를 숨기려는 나와

이제는 숨바꼭질을 끝낼 시간이에요
나는 척하지 않아도 충분히 괜찮은 사람이거든요
이제 저는 그 사실을 압니다
가면을 벗어도 달라지는 것은 없어요

스
펀
지

과거는 현재와 미래에 뿌리 내린다
끔찍했던 경험은 훗날의 나에게 끊임없이
영향을 끼치며 손을 뻗는다
상처는 사라지지 않은 채 몸을 불리고
언제 어디서든 소환 가능한 악몽이 된다

슬픔은 스펀지처럼 물기를 잔뜩 머금고 있어서
손끝으로 살짝만 눌러도 물기가 새어 나온다
아무도 날 건드리지 못하게 가시를 세운다

상처받은 사람은 상처받지 않으려 애를 쓰지만
애를 쓰면 쓸수록 더 크게 상처받는다

무탈해 보이기 위하여 아무리 노력해도
상처를 받으면 상처가 새어 나온다

겉으로 보기에 스펀지는
아무 일도 없어 보인다

어른이 된다는 것

익숙한 것과 쉽게 이별할 줄 알고, 또한 그 이별에도 무너지지 않고, 스스로의 감정에 휘둘려 길바닥에 주저앉아 엉엉 울지 않을 수 있어야 어른이 되는 줄 알았다. 어쩌면 그렇게 조금씩 어른이 되었을 수도 있다. 하지만 성인이 된 후에도 자신의 감정을 어쩌지 못하고 몇 날 며칠을 울며 영혼이 망가질 때, 언제쯤 이 아픔들로부터 내가 자유로워질 수 있을까를 생각했다.

그렇게 연약했는데 놀랍게도 나는 슬픔에 조금씩 덤덤해져 갔다. 이성과 감성이 양극단으로 나뉘어, 예전이라면 죽을 것처럼 힘들어했을 일을 점차 덤덤하게 받아들일 수 있게 되었다. 오지 않을 줄 알았던 시기가 나에게 왔다.

그런데도 가끔은 어른스럽게 견디지 못하고, 여전히 아이처럼 엉엉 울고만 있고, 무너지고 무너지기를 반복하며, '아 나는 어른이 되려면 멀었구나' 좌절한다.

어른스럽게 버텨왔던 모든 것들이 와르르 무너지는 날에는 아이가 되었다. 그래도, 여기까지 오는 것만으로도 충분히 힘들었다고. 충분히 애썼다고. 아무 세월 없이, 그 어떤 상처도 없이 성장할 수는 없었다고. 그러니 나의 무너짐마저 성장의 증거라고 이제 나는 말할 수 있다.

과거의 나는 왜 더 행복하지 못했을까? 왜 더 많이 긍정하지 못했을까? 내가 행복하지 못했기에, 내가 다른 이들을 행복하게 할 수 없었던 게 아닐까? 내가 행복하지 않은데 어떻게 '행복'을 건네려 했을까? 나에게 그럴 자격이 있었을까? 나는 질문해 본다.

어느 날, 바닥을 치는 감정에 가슴을 부여잡다가 문득, 지루할 만큼 행복해지고 싶었다. 그렇게 행복해지면 삶이 지루하다고 사치스러운 푸념을 할지도 모른다. 노력해도 안 되던 과거의 시절들을 망각하고, 왜 이렇게 삶이 지루할까, 어이없는 소리를 할 수도 있다.

그래도 이 글을 쓰고 읽는 순간만큼은 잊지 않으려 한다. 사막에서 오아시스 찾듯 간절하게, 사랑과 행복을 찾아 헤매던 순간이 나에게 있었다는 것을.

어른스럽게 버텨오다가도 일순간

와르르 무너지는 날이 누구에게나 있다.

그래도,

여기까지 온 것만으로도 충분히 대단하다고.

충분히 애썼다고.

이유

자신에게도 끝내 솔직해지기 힘들 때가 있다
일기에도 진심을 털어놓지 못해서
묵묵히 속으로만 곪아갈 때가
나조차 나를 알 수 없을 때가 나에게 있다

그러니까 나에게도
나를 알아갈 시간이 필요하다
시간을 가지고
진지하게 물어보기 전까지는 모르는 거다

나의 이유를, 내가 나인 이유를,
내가 왜 그랬는지, 힘들어했는지, 마음 아파했는지

이유를 찾아 나를 찾는다

자신에게 건네지 못한 질문은 없었나
나조차 나를 외면한 적은 없었나
그 질문에 대한 정답을 찾으며
적어도 나에게는 솔직해지는 연습을 한다.

열정

열정 있는 삶이 아름답다고 생각했다
아직 젊다면 열의가 있어야 한다고
지치지 않는 투지를 가져야 한다고
어떤 일에도 쉽게 포기하지 않고
넘어지되 다시 일어나야 한다고

그런데
나는 왜 이렇게 지쳤을까
나는 왜 멈추지 못했을까

청춘은 아름다운 거니까, 지치지 않는 거니까,
아무리 상처 입었다 해도 비틀대며 달려가야 하니까,
그래서 나는 무작정 달렸다
뒤꿈치가 다 까지도록 달렸다

왜 나는 그것이 열정이라 착각했을까
멈추는 것이 도태라 오해했을까

애쓰지 않아도 괜찮아야 했는데

명랑

내가 밝았던 이유는 나의 우울을 두려워해서다.
우울한 내면을 드러내고 싶지 않았기 때문이다.

착한 아이

지금 내가 어떤 표정을 하고 있지?
하는 의문이 피어오를 때는 두려웠다

내가 너무 무표정했던 것은 아닐까? 혹은
내가 너무 감정적이었던 것은 아닐까? 같은

나는 착하고 싶었다
착한 표정을 한 착한 사람이 되고 싶었다
시간이 지나고 나서야 그 강박이
착함에 대한 열망이 나의 콤플렉스임을 알았다

착한 아이 콤플렉스
착한 어른 콤플렉스

물러터진 착했던 시절을 지나며
간신히 한 가지를 깨달을 수 있었다
모두가 만만하게 보는 사람은 착한 게 아니구나
나빠져서라도 나를 지킬 수 있어야 한다
나에게 나쁜 사람이 어떻게 좋은 사람이 될 수 있겠니

그래도
그래도 말이야
나는 여전히 내가 '그렇게'
나쁜 사람은 아니었으면 좋겠다
모두에게 착한 사람은 아니더라도
모두에게 나쁜 사람은 되고 싶지 않다

나는 내가 무슨 표정을 하고 있는지가 궁금하다
더불어 당신의 표정까지도

착하기 위해 애쓰지 않는 나는
어떤 표정으로 세상을 마주하고 있을까?

익숙함에 취하지 말 것

생각은 확장된다. 하지 못했던 생각을 하게 된다. 모든 것은 변할 수 있을 것이라 생각한다. 당신이 말한 의견이 진짜 정답이라고 생각하지 않는다. 내가 배우고 자란 것들조차 오답일지도 모른다고 생각한다.

생각한다. 사실 내가 풀어야 할 문제는, 내가 지향해야 하는 가치는, 다양한 생각을 수용할 수 있도록 나의 그릇을 키우는 일이 되어야 한다고.

지금은 어려서 사고가 유연한 거야. 나도 나이가 들면 꼰대가 될지도 몰라. 모든 걸 생각해 왔던 방식 그대로, 새로운 것보다는 익숙한 것을 찾아, 눈에 익고 몸에 붙어온 그 방식 그대로, 모든 걸 해왔던 대로 처리하고 그 진부함을 안정감이라고 생각할지도 몰라.

어린 내가 꼰대가 되기를 경계했던 것처럼, 후에도 나를 경계할 수 있을까? 스스로에게 일말의 의심 없이 '내 말이 다 맞아' '살아보니까 내가 다 맞아' 하고 전부가 아닌 걸 전부인 것처럼 말하는 일반화의 오류를 범하게 될까?

돌이켜보면 사소한 행동 하나마저 과거를 답습한다. 도무지 새로운 방법을 찾아보려 하지 않는다. 혹은 뭔가를 배워보겠다는 호기로움마저 '누군가'를 그대로 따라 하는 데 그친다. 배움의 의지는 형형했으나 주체성 없는 모방은 자아를 희미하게 만들었다. 나는 쉽게 변하지 않는다.

나도 모르게 타성에 젖은 익숙함이 늘어난다. 익숙함의 편리해 취해, 익숙함을 배신할 기회조차 주지 않는다. 구실만 만들어 구구절절 변명할 뿐이다. 변화의 가능성을 차단하는 순간, 나는 소통 불능 상태에 빠지고 만다.

나를 연다. 이것도 좋네. 이런 생각도 유의미하네. 색다른 시도도 재밌네. 다양성을 끌어안기 위해서는 나의 일상에도 노력이 필요하다. 나아가기 위하여.

통
증

아팠어 몸을 움직이지 못할 만큼
아무 생각 없이 살기 위해 노력했어
생각이라는 걸 하면 고통스러워져서
여린 감정으로 살면 나만 아파서

지금도 무리하지 않는 선에서 그냥 가만히 있어
더 아프지 않으려고
빨리 나으려고
한동안은 그냥 멈춰있었어
너무 아파서 낫고 싶어서

걱정하지 마

아픈 건 나중에 다 잊혀

나약한 자신을 미워했던 마음만 후회로 남아

'나는 왜 건강하지 못하지?' 홀로 고민했던 날들

스스로 미워할 필요 없어

우리는 결국 회복될 거야

상상은 현실이 된다

나는 왜 불안할까?
혼란한 마음 녹아내릴 수 있도록
긴장 상태를 늦출 수 있도록
조금 더 상상력을 동원해 보자

〈내게 일어날 수 있는 불안〉
1. 내가 지금 글을 쓰고 있는 공간이 쾅 무너져 내린다
2. 내가 사랑하고 의지했던 가족이 사라진다
3. 직업과 돈을 잃고 매일 끼니 걱정을 한다
4. 주변 사람들이 나에게서 등을 돌린다
5. 갑자기 없던 병이 생긴다
6. 어떤 희망이나 꿈도 없이 잉여처럼 살아간다
7. 외롭게 살다 외롭게 죽는다

열거해 놓고 보니 허황된 것과 타당한 것이
이래저래 뒤섞여 있다

무한한 상상력 앞에서 나는 가끔 우주가 된다
끝없이 펼쳐진 어둠 속에서

예측 불가능한 위기와 혼란 속에서
나는 확장되고 셀 수 없이 많은 별을 본다

그러니까 희망을

위험한 우주에 막무가내로 나를 내던질 수는 없으니
블랙홀 속으로 나의 고민, 걱정, 불안을 던진다

"네가 걱정하는 일은 일어나지 않아
너의 불안은 내가 가져갈게"

상상은 무한하다 우주처럼
상상을 통한 최악의 상황들을
상상을 통해 우주에 두고 온다

직감은 틀린 적 없다

첫인상이 마지막 인상을 좌우한다
불안한 예감은 틀린 적이 없다

이 일이 나랑 맞지 않는 것 같아
저 사람이 나랑 맞지 않는 것 같아
우리 사이 좀 별로인 것 같아
나한테 맞지 않는 역할 같아
이 '같은' 직감은 틀린 적이 없다

그런데 문제는 이런 직감이 든다는 거야
"이렇게 사는 거 맞아?"
그러게? 이렇게 사는 거 좀 아닌 거 같지?
의문이 든다면 전과 달라지면 그뿐

엔트로피의 법칙

우주의 모든 것은 흐트러진다. 제멋대로 굴러가고
제 방식대로 분리된다. 가만히 있으면 인간은 아무렇게나
풀어진다. 집 안 곳곳이 어수선해지고 설거짓거리가 쌓이
고 쓰레기가 늘어난다. 아무리 눈을 감아도 잡생각이 거
센 파도처럼 밀려오고, 그 어떤 평화로운 상황에서도 소란
해질 수 있으며, 한결같을 줄 알았던 관계가 전에 없이 삐
걱거릴 수 있다. 그냥 가만히 있었는데도 모든 게 혼란스
러워질 수 있고, 전과 달라질 수 있다. 아무리 발버둥 치고
애를 써도 정리되지 않는 순간이 어쩔 수 없이 생긴다. 그
런데 나만 그런 게 아니라는 사실을 깨달으면, 삶이란 원
래 그런 것임을 깨닫게 된다면 흐트러짐의 순간을 받아들
일 수 있다. 모두가 그런 거라면, 이 역시 나만의 혼란은
아니기에.

모두에게 한계가 존재한다.

한 번 사용된 에너지는 다시 사용할 수 없다.

이미 잃어버린 건 없는 것이다.

죄
책
감

해서는 안 될 말을 하고
하지 않았으면 좋았을 행동을 하고
이미 해버리고 나서 후회하고 또 후회하고
후회하면서도 같은 잘못을 반복하고
그러지 말걸 다시 후회한다

남이 나를 상처입히는 것은 내버려 두면서
내가 남을 상처입히는 것은 왜 내게 상처가 되는지

후회하고 말 행동을 하는 것도
후회할 행동을 하고 후회하는 것조차도
나를 갉아먹곤 한다

후회하지 않기 위해 내딛는 한 걸음
어제를 반성하고 내일을 향해 뻗는 발걸음

괜찮아, 괜찮아
모든 게 괜찮아질 거야

받아들이기

이 세상이 내 뜻대로 되라고 만들어진 세상도 아닌데
어째서 내 뜻대로 안 되면 억지를 부리는지.

불행복

당신은 오늘 피곤한 하루를 보냈습니다
사람에 치이고 시간에 치이고 무기력함에 치이면서
자신을 일으키기 위해 노력했네요

만원 버스나 지하철에서 간신히 숨 한 톨을 내쉬며
왜 이렇게 사람이 많나 왜 아무도 안 내리나
집에는 언제 가나 언제쯤 침대에 누울 수 있나
내일은 또 어떻게 출근하나 모레는 또 어떡하지
지루하다 지겹다 그만두고 싶다

믿을 수 없습니다
이 세상을 살아가는 게 나만 힘든 것인지

남들은 아무렇지 않은 것인지 궁금해요
어떻게 이렇게 힘든 하루를 일상이라고 하나요
어디에서 삶의 의미를 찾을 수 있을까요

고민하고 또 고민하는 당신
당신은 행복해지기 위해 최선을 다해 고민합니다
당신이 무기력해지는 까닭은 행복해지고 싶어서
어쩌면 행복에 관한 이상이 자꾸 높아져서겠죠

행복은 멀고 불행은 가까운 것 같지만
언제든 당신은 행복해질 수 있습니다
오늘을 살아냈으니까요
이 험한 세상을 버텨낸 사람이니까요

행복은 생각보다 더 가까이에,
우리가 정의하기만 하면 된다.

성장의 수순

누구에게나 자신의 세상이 붕괴되는 시기가 있다
모두가 나보다 대단한 것만 같을 때
어디든 나를 받아주는 곳이 있다면
기어이 헌신할 수 있을 것 같을 때

자존감이 바닥을 엉금엉금 기던 기나긴 터널을 지나
우리는 조금씩 안정을 찾아간다
한마디에 가슴이 툭툭 아래로 떨어지던 시기를 지나
어떤 말도 한 귀로 듣고 한 귀로 흘리게 된다

우리는 앞서거니 뒤서거니 하면서 걸었다
정해진 수순이라는 것이 있을까 싶지만

그 평범한 수순을 밟기 위해 애쓰며
누군가는 가정을 꾸리고 누군가는 승진을 했다
평범하기란 참 어려운 일이었다

그 수순들이 나에게 남긴 깨달음은 명료했다
나만의 신념에 있어서는 흔들리지 않아야 한다
굳건할 수 있어야 한다
세상의 중심은 바로 나라고

어디에도 속하지 못했던 시기를 지나
소속감에 대한 집착은
나의 문제였음을 깨닫는다.
나에겐 나를 지켜줄 최소한의
안전망이 필요했던 것이다.

4

나를 사랑할 수 있도록

끝과 시작

끝은 왜곡이다

꿈결처럼 아름다웠던 기억이 휘발되고
햇살처럼 행복했던 순간이 아파진다

나는 이별의 변두리에서 나에게 물었다
"내가 행복할 수 있을까"

더 이상 이별하지 않을 수 있기를 소망한다
그러나 아직 나에겐 사랑해야 할 것들이 남았다

끝내 이별하게 될지라도
사랑하지 않을 수 없다

겁내지 마세요.

출발점은 곧 결승점입니다.

기
차

가슴 저편에 무언가 철커덩 철커덩

낡은 문처럼 삐걱거리고

이음새가 맞지 않는 서랍처럼 삐끗거리고

기차가 빠르게 나의 앞을 지나치고

혹은

당도하고

기차는 나의 앞에 서지 않은 채 지나가고

기차는 아주 잠깐 나의 앞에 멈추었다 출발하고

기차는 멈추지만 나는 타지 않고

때론 어떤 기차가 나의 앞에 서도 타지 않겠다고

플랫폼 앞에서 울음을 터트리고

나를 지나쳐 멀어지는 기차의 뒤꽁무니를 쫓고
그러다 기나긴 기다림 끝에 한 기차가 정차하고
고민하던 나는 결국 기차에 올라타고
떠나지 못할 것 같던 곳에서 떠나고
창밖의 풍경과 계절을 빠르게 내달리고
변화 속을 내달리고

불행을 실행하게 만들었던 날의 용기는
이젠 다른 형태의 용기가 되어
나는 이제 창밖의 변화를 두려워하지 않으며
변화를 긍정하기로 한다

우리는 다른 형태가 되어가고 있어

당신을 실은 기차가 어디로 가든
당신이 원하는 곳에 데려다줄 거예요.
용기를 내요.

봄

봄날의 햇살이 나에게 스미면
끊임없는 온기가 퍼져나온다
나는 봄이 되기로 한다
아무것도 하지 않고
아무 생각도 하지 않고
늘어지게 침대에 누워
시간을 그저 받아 삼키기로 한다
나는 참 쉽게 행복해진다
살아있음을 인지하게 되는 순간에
공기의 입자를 느끼며 충만해진다
어제와 내일이 겨울이어도
오늘 단 하루가 봄일 수 있다면

그렇다면
그걸로 충분해
나의 계절은 다시 피어난다
봄이 잠시 나의 곁에 머물렀다는 사실만으로

평범

특별해지고 싶다

남들과 다른 삶을 살고 싶다
나만의 것을 가지고 싶다
오롯한 존재가 되고 싶다
중심에 서고 싶다

하지만 동시에
지극히 평범해지고 싶다

그저 남들만큼만 살고 싶다
남들처럼 일하고 연애하고 웃고 떠들며
그렇게 별일 없이 남들처럼만
그렇게 평범하게 살고 싶다

이 모순 속에서
나는 여전히 특별하게 평범해지고 싶다

가져야 할 것을 마땅히 가지고
가지지 못해도 그리 절망하지 않으면서
타인을 질투하거나 나를 질타하지 않으면서
그저 아무 일 없이 아무렇지 않게 그렇게

지구에 햇살이 닿는 시간 동안
그 햇살이 나에게 닿는 동안
눈을 감고 느끼고 싶다

평범함은 그렇게 특별하다

나는 여전히 특별하게 평범해지고 싶다.
아무 일 없이 무슨 일이 일어나기를 바란다.

성장

나의 일부를 떼어주고

나머지 부분은 새롭게 채워 간다

어떤 형태인지는 중요하지 않다

빛을 찾아

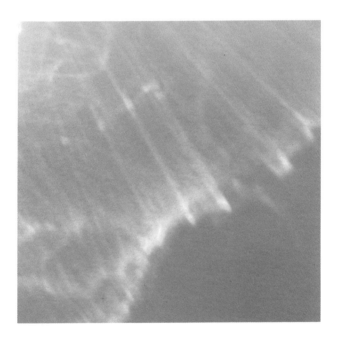

그림자의 방향이 바뀌는 걸 보았다
조금 전까지만 해도 눈을 찌르던 햇살이 사라지고
나의 자리로 고요히 그늘이 드리웠다

다행이다 그림자의 방향을 볼 여유가 있어서

한때는 숙이고 있던 고개를 들면
어느덧 해는 온데간데없이 져버린 뒤였다
나의 시간은 늘 삭제되곤 했고
낮은 짧고 숨가쁜데 밤은 길고 험했다

전등이 아닌 햇빛의 찬란함 아래에서
소등이 아닌 그늘의 보호를 받으며
햇빛의 면적은 이렇게나 넓은데,
지구의 반을 뒤덮을 정도로 넓은데,
손바닥만 한 그림자가 나를 가렸다고
아쉬워할 필요가 없음을 깨닫는다

저 머나먼 우주에서 시작된 빛이 나에게 닿는데

질문들

최선을 다하지 않으면 행복해질 수 없는가
꿈의 크기를 줄여야 만족할 수 있는가
적당히 포기하고 융통성 있게 살아야 하는가

질문들을 품은 채 나는 여전히 오늘을 살기로 한다
당분간은 더 열심히 고민하기로 결심한다
정답을 찾기 위한 노력이 나를 더 빛나게 한다

지금 난 청춘의 길목에 있어
여전히 이루고 싶은 게 많아

상처를 끌어안으며 더 큰 사람이 되어가는 중이야

오늘의 나

우리는 끊임없이 변화하는 존재다.
어제의 나와 오늘의 내가 너무 다르다.

좋아하던 술을 예전만큼 마시지 못한다.
한때는 제주에 살지 않으면 안 될 것 같았고,
지금은 서울이 그 어느 곳보다 편하다.
직장생활이 마냥 좋았던 시기가 있었고,
프리랜서의 삶이 좋아진 지금이 있다.

요즘 나는 졸업한 학교의 도서관에서 글을 쓴다.
학교 다닐 때는 서너 번 와본 게 전부였던 곳에
이제는 매일 출석 도장을 찍으러 온다.
더 이상 학교에 나를 아는 사람이 없다.
아무도 나를 알아보지 못한다.
그 사실에 안온함을 느낀다.
아무런 부담이나 의무 없이 캠퍼스를 거닐 수 있다.
꽃이 피어난 캠퍼스는 눈이 부시게 아름답다.
이제는 희미해진 추억들이 나를 스르륵 지나쳐 간다.
나도 추억들을 스쳐 지나간다.

기
록

나는 기록한다

내 변화의 순간들을

누군가는 사진으로, 그림으로, 음악으로

자신만의 순간을 기록한다

나중에 다시 꺼내 먹으려고

기억은 멀어지지만 기록은 멀어지지 않는다

우리는 남아 계속된다

나는 당신을 기록한다

언제든 꺼내 볼 수 있게

기록, 잊지 않기 위해.

기억, 조금 더 잘 떠올리기 위해.

지혜로움

내 안에서 지혜를 찾을 것

나는 내 안의 지혜를 외면한다
나와 같은 고민에 빠진 사람이라면 기꺼이
그 사람을 위로하고 해결책을 제시할 수 있다
그런데 그 문제가 나의 문제가 되는 순간
내가 당사자가 되는 순간 나는
쉽게 어리석음에 빠지고 출구를 찾지 못한다
해결책이라고는 전혀 모르는 사람처럼
빠져나갈 구멍이 애당초 존재하지 않았던 것처럼
암담히 절망하고 좌절하며 슬럼프에 빠진다

남의 일이라 생각하면 간단한데
걱정에 걱정을 더하는 순간,

어둠에 어둠을 더하는 순간,
나는 그곳에 영영 갇히고 만다

한 번만 더 생각해 보면 답은 내 안에 있다
무엇이 문제인지를 사실 나도 잘 알고 있다
그러니 자세히 들여다보아야 한다
지금 내 마음에 무슨 일이 일어나고 있는가
내가 무엇을 잘못하고 있는가
나는 나를 통하여 이루어야 한다

믿는다
내 안에 해답이 있다

스스로를 의심하지 마세요.
당신의 선택이 정답이에요.

바르게 살자

바르지 않아도 괜찮았던 때가 있다
어긋나면 어긋난 대로,
삐뚤어지면 삐뚤어진 대로,
바르지 않아도 나름의 균형을 잡고 살았던
어떻게든 나만의 균형을 만들었던 때가 있다
그런데 이젠 조금만 어긋나도 아프다

제시간에 자고, 제시간에 일어나고,
제시간에 밥을 먹고, 제시간에 운동한다
바른 자세로 앉고, TV를 멀리하고, 야식을 자제한다
한때는 무엇이 바르고 옳은 것인지 반문했다
나는 여전히 정과 반 사이에서 헤매지만, 이제는 안다
나의 바른 생활조차 내일을 위한 노력임을
아프지 않기 위한 최선임을

내가 균형을 잃어가고 있다면
나의 일상이 나의 균형을 잡아준다

나의 올바름은 잘 늙기 위한 나의 자양분이 된다

차라리 무난하게

행복의 틈새로 불안이 꾸역꾸역 밀려드는 날이 있다
언제나 행복하게, 즐겁게, 조급해하지 않고
기분 좋게 살기로 다짐해 놓고
갑자기 이 행복이 깨지면 어쩌지? 문득 불안해진다

나의 몹쓸 상상력은 불안의 시나리오를
기승전결까지 완벽하게 완성시킨다

그런데 말이야
누가 행복을 정의하지?
어떻게 좋은 것만 취하려 하지?
언제나 행복한 상태를 유지하려 함조차
쓴 것은 삼키지 않으려던 욕심이었음을
행복하기 위한 노력은 유의미하지만
행복하기만 한 상태가 꼭 좋은 것만은 아닐지도 몰라

차라리 조금 더 무난하게
약간 기분 좋은 듯 아리송하게
행복감이 깃들어 있지만 안정적으로

은은하게 머금은 행복감이 더 좋다

'난 행복해야 해'라는 강박에 시달리기보단
무거운 짐을 하나씩 내려놓고
'이대로 충분히 좋아'라고 생각하기로 한다

호들갑 떨 것 없어
불안해할 필요 없어
다만 오늘의 무난함이 지속되기를

나는 지금 이대로 충분하다
아등바등하지 않을 것이다

현재의 가치를 알고 소중함을 알면

덜 불안하고 더 편안할 테니까.

두
려
움

물이 무서웠다

언제 숨을 내뱉고 마셔야 하는지를 몰라서

이러다 죽어버릴 수도 있겠다는 두려움이 차올라서

그래서 물에 잡아먹힐 것만 같았다

물속으로 가라앉지 않으려면

헤엄칠 수 있으려면

살려면

물을 두려워하지 않아야 한다

사실 별거 아닌 두려움이다

깨달을 수만 있다면

예술

내가 만든 것들이 아무런 쓸모가 없어도 좋다

누가 시키지 않아도 이룬 것이므로

나다움

우리는 스스로에게서 어떻게든 단점을 찾아내지
타인과 사회가 정한 기준으로 나를 평가하고 따지고
맞지 않는 옷에 몸을 끼우고 나답지 않게 움직이지

시선에서 조금 더 자유로워지고 싶어
남들이 칭찬하는 삶이 꼭 완벽한 형태는 아니야
너를 얽매는 한계들을 벗어던져도 돼

네가 아닌 다른 사람이 될 필요 없어
단점도 장점도 모두 너일 때 의미 있는 것이니까

퇴고

방법이 있나
고치고 고치고 또 고치는 수밖에
더 나은 걸 만들기 위해서는
지겨울 만큼 지겨워져야 한다
어떤 보석이든 처음부터 아름다울 수 없으므로
다듬고 다듬으며 환히 빛나게 되고
그렇게 가치가 높아지는 것이다

사람들은 대부분 자신의 가치가
태어나는 순간 정해지는 줄 안다
아니, 그게 아니야
가치는 우리가 만드는 것이다
고치고 다듬고 닦으며 가꾸는 것이다

그래도 잊지 마

너답게 다듬어야 하는 거야

다른 사람을 흉내 내지 마

나의 꿈은 현실이 되고

눈을 감고도 그려낼 수 있을까
눈을 감고도 판단할 수 있을까
내가 무엇을 원하고 또 소망하는지를
명확하게 볼 수 있을까

무엇이 현실인지 꿈인지를 분간할 수 있다면
그리하여 나의 꿈을 현실로 만들거나
나의 현실을 꿈에 가깝게 만들 수 있다면
눈에 보이지 않아도 나의 눈 앞에
꿈처럼 찬란한 시간들이 펼쳐져 있을 것이다

나는 꿈꾼다
그리고 욕망한다
눈을 감아도 보이는 나의 내일을

당신을 가치 있게 만드는 존재,

바로 당신입니다.

시간이 해결하지 못하더라도

과거를 떠올리면 상처받은 기억들이 먼저 떠오른다

분명히 좋았던 날들도 있었을 텐데
어째서 나쁜 기억만 떠오르는지
왜 이렇게 상처받은 순간만 선명해지는지 알 수 없다

시간이 다 해결해 준다는 말을 굳게 믿었다
고통은 희석되고 좋은 기억만 남게 될 거라고
그런데 이상하지
나에겐 기쁨이 희석되고 나빴던 기억은 선명해진다

마음에 생긴 굳은살은 외부의 자극으로부터
나의 감정을 무덤덤하게 만들지만
과거의 기억들은 굳은살이 생기기 전의 일이라

여전히 처음처럼 아프다
그러니 시간이 해결해 준다는 말을 믿지 않는다
대신에 '모른척' 능청스럽게 외면한다
"그랬던가? 기억이 잘 안 나네" 하고

시간이 해결하지 못하는 기억은
내가 해결하면 그만이다

모른 척, 못 본 척, 아무렇지 않은 척

나이가 든다는 것

사람은 나무 같아
그래서 사시사철 푸르기만 할 수 없지

봄에는 싹을 틔우고
여름에는 푸르다가
가을에는 새 빛깔의 옷으로 물들고
겨울에는 낡은 옷을 후회 없이 벗어던지지

사람마다 저마다의 아름다움이 달라
누군가는 봄 새순의 희망참을
화창한 여름의 명랑함을
풍요로운 가을의 형형함을
백색 겨울의 고요함을 애정하겠지
어떤 시기든 아름다움이 존재하는 법이니까

사람은 나무 같아
겉으로는 가만하되 속으로는 매 순간 격동이야
가만히 소란하게 뿌리가 깊어진다

삶에는 수없이 많은 오르막과 내리막이 있어
꼭 어느 시기가 오르막, 내리막이진 않아

잘 나이가 든다는 것은
나이라는 숫자만을 늘리지 않고
그 변화를 받아들이는 단계에 이르는 것

변화의 소리에 귀 기울인다
뿌리가 깊어지는 소리가 들려

당신은 지금 어느 계절에 있나요?
그 순간의 아름다움을 누리시기를…

Love Yourself

아무도 나를 사랑해 주지 않는다면
내가 나를 사랑해 주면 그만이야

나는 내가 제법 마음에 들어
있는 그대로의 내가 마음에 들어

어려웠던 어제를 잘 극복한 것도
나를 감싸고 있는 수없이 많은 취향들까지도
나는 모든 걸 이루지 못했지만
그럼에도 모든 걸 꿈꾸었으니까

누군가가 나를 사랑해야
내가 꼭 자격이 있는 사람이 되는 건 아니야

내가 나를 사랑한다면,
아무도 나를 사랑하지 않는 일은
절대 일어나지 않거든

5

너로서 충분해

소
나
기

비 오는 거리
그곳에서 당신이 홀로 추위에 떤다

그 비가 추운 이유는 당신이 혼자이기 때문에
누구도 우산을 씌워주지 않았기 때문에
외로움에 옷 젖는 줄 모르고
외로움에 떨며 몸을 웅크린다

그래서,
나는 빗속으로 뛰어든다
함께 비를 맞자
오늘은 조금 앓자
나도 너와 같이 아파해 줄게
그러고 나면

자, 이제 비가 그칠 시간이야

기도

당신을 위해 기도합니다

더는 시달리지 않게 해주세요
더는 가난하지 않게 해주세요
더는 피로하지 않게 해주세요
더는 더는 더는 당신이…

두 손을 모아 기도하면,
무언가를 간절히 염원하기 시작하면,
기도는 끝이 나지 않습니다

삶을 견뎌내지 않게 해주세요
삶을 살아갈 수 있게 해주세요

길게 늘어나는 간절함 앞에 이윽고 고백합니다

사실 나를 위해 기도합니다
당신이 평안하기를

우연

어디까지가 인연이고
어디까지가 운명이니
어떤 게 자연스러운 것이고
어떤 게 작위적인 것이니
우리는 너무 많은 것에 의미를 부여하고
선택을 합리화하기 위하여 대충
운명이라는 말을 갖다 붙인다

수많은 운명이 나를 스쳐 지나갔다
나에게 머물지 않고 그저 지나갔다
어떻게 합리화나 간절함 혹은 매달림 없이
얽매임 없이 의연하고 어른스럽게
내 앞을 지나가는 모든 것들을
의연하게 보내줄 수 있겠니

아무렇지 않을 수 없다면 충분히 아파하기를
상처받고 괴로워하기를
그리고 다시, 나만의 운명을 찾으러 가기를
우연히 당신의 운명과 당신이 마주치기를

안부

대단한 하루를 보낼 필요 없어
대단한 사람이 될 필요도 없어
"밥은 먹었니?"라는 안부 인사에
상대를 안심시키려는 거짓이 아닌 진실로
"응, 먹었어"라고 대답할 수 있으면 돼
사소한 일상을 놓치지 않고 꾸준히 채우면 돼

우리는 거창한 목표를 이루려는 욕심 때문에
정말 지켜야 할 일상을 자주 놓치고
마음이 망가지고 있음을 알아차리지 못한 채 지치고
사소한 안부 인사 하나에 울음을 터트리고 마니까

지금 내가 너에게 궁금한 건 딱 하나야
밥은 먹었니?

귀 기울이다

오늘은 참 쉽지 않았어

문제의 해결책을 찾지 못했어

그래도 괜찮아

네가 나의 이야기를 들어줬으니 충분해

털어놓을 곳 없는 갑갑함을 너도 이해하니?

털어놓을 수 없는 막막함을 너도 이해하니?

누군가에게 속마음을 말할 수 있다면

그렇게만 된다면

그것만으로도 이미 치유는 시작되고 있어

너의 발화를 시작할 시간이야

나도 너의 곁에 있어

너의 말에 귀 기울이고 있어

긍정

긍정적으로 끝나지 않더라도
무언가를 긍정할 수 있게
그게 무엇이든
긍정할 것을 찾아낼 수 있게

불면

나만이 잠들지 못하는 밤
모두가 잠든 밤
기억 저편이 그리워지는 순간
지난 미련들이 몸을 불리고 힘을 키우는 시간

햇빛을 받아먹듯 어둠을 받아먹는다
내 몸에는 절반의 낮과 절반의 밤이 흐르고 있지

잠들지 않는 밤
형형히 깨어있는 시간

잠들지 못하는 시간
조우하는 기억 속에 내가 보인다

석
양

알고 있나요?

노을의 빛깔이 매일 달라진다는 걸

사람도 매일 다른 색으로 빛납니다.

어떤 색으로 저물지는 우리에게 달려있어요.

비움을 통한 채움

행복은 여유를 찾는 여정이다
여유를 찾기 위해 우리는 저마다
숨 돌릴 대상을 찾아 헤맨다
단지 행복하기 위하여
숨을 쉬기 위하여

내가 좋아하는 카페에 가서 늘 먹던 메뉴를 주문하
고 내가 좋아하는 자리에 앉아 공간을 채우는 음악을 들으
며 할 수 있는 한 오래 멍을 때리는 것

무탈한 여유 속에서 숨을 돌리며
우리는 묵은 마음과 피로를 비워내고 덜어내고
다시 무언가를 차곡차곡 채우기 시작한다

비운 후 가장 먼저 들어찬 말이
내가 진정 바라는 말이기에
허기 앞에 서야만 진정 내가
원하는 형태의 채움을 마주할 수 있기에

우리는 가끔 게을러야 한다

여유를 좇고 멍해져야 한다

게으르게 앉아있다가

여유를 품에 안고 있다가

내가 하고 싶은 말 한마디를 찾아냈을 때,

품고 있던 생각을 표현할 단어를 찾아냈을 때,

비로소 내가 채워질 수 있다

무언가를 하지 않아도 괜찮아

비우고 비워야

다시 채워질 수 있는 거니까

빈 자리에는 반드시 무언가가 채워진다

버리고 버리고 또 버리고서야

나에게 중요한 것이 무엇인지

알게 되었습니다.

놓아
놓아

가득 앓고 난 뒤 시간이 흘러 다시 돌아보면
내가 무엇 때문에 그렇게 힘들어했는지
도저히 이유가 떠오르지 않았다
몇 날 며칠을 끙끙대며 아파했더라도
우리는 시간의 힘에 기대어 달아날 수 있다
지나고 나면 기억에서조차 지워질 것이다
흔적도 없이

우주의 아주 작은 먼지

우리는 우주의 작은 먼지
지구의 아주 작은 물질

하지만 먼지 같은 우리는 때론 우주가 되지

나는 곧 우주고 세계야
스스로 창조하고 하나하나 나의 세계를 꾸려가는
그런 주체적인 존재야

무가치한 존재는 없다
무의미한 여정도 없어
나는 실패하고 또 실패하지만
그래도 다시 일어나는 존재야

나는 울고 분노하지만 결코 훼손되지 않아
무중력 상태에서 부유하더라도
나의 근원은 조금도 파괴되지 않아
두 발이 땅에서 떨어져도, 내 손이 동아줄을 놓쳐도
달라지는 것은 무엇도 없어

나는 그저 우주의 작은 먼지였을 뿐이니까
먼지는 떨어지고 나뒹굴어도 다치지 않는다
우주를 상처 입히지도 않는다

너는 지금 우주 어디쯤을 부유하고 있니?
누군가는 우주의 작은 먼지를
별이라고 부르지도 하지

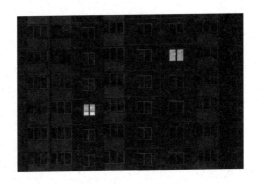

아주 작고 보잘것없는 존재일지라도

존재한다는 이유만으로도

존재 가치는 분명하다.

촛
불

소원을 비세요

당신에게 주어진 촛불은 무한합니다

당신이 이룰 것들이 무한하다는 뜻입니다

이
방
인

타국에서의 시간은 특별하다
모든 것이 낯설어 조금은 사람을 주눅 들게 하고
낯선 언어와 낯선 건물, 낯선 사람들이 쉴 새 없이
"넌 이방인이야!"라고 소리치는 듯하다
사실 그들은 아무 말도 하지 않았는데도

지독한 소외감 속에서 아늑함을 느낀다
낯선 선택지를 끊임없이 마주할 수 있고
낯선 언어들 덕에 외부를 차단할 수 있다

낯선 언어로 이루어진 낯선 여정을 선택하고
내 입맛에 맞을지 두려움에 떨며 입에 넣게 되니까
실패할 때도 있지만 성공한 선택을 할 때가 더 많아

떠나면 용기가 생긴다
낯선 선택을 할 용기
여행을 떠나는 이유

삶은 여행 같다

충분함

수고했어

네가 해낸 만큼이 너의 최선이야

포기도 노력의 일부니 너무 애쓰지 마

할 수 있는 정도까지만 해

이미 충분히 잘하고 있어

최선을 다하고도 자꾸 모자람만 느낀다면

당신이 그만큼 자신을 인정해 주지 않아서.

희망

라오스인들은 부정적인 말을 하지 않는다. '안 된다, 불가능하다, 할 수 없다' 대신 '될 수도 있다, 가능하다, 할 수 있다'로. 부정을 넣어둔 채 긍정을 이야기한다. 라오스 여행 중에 만난 불안하고 불행한 상황 속에서 내가 한국에서처럼 불안에 떨지 않을 수 있었던 이유는 모두 그들의 긍정성 덕분이었다. 내가 탄 카약이 물에 잠기다 이윽고 뒤집혔을 때, 순식간에 물속으로 가라앉는 나의 휴대폰을 내가 절망하며 보고 있을 때, 그들은 지체 없이 물속으로 들어갔다. 잠시 후 물 밖으로 얼굴을 내민 그들의 손에 들린 휴대폰은 나의 절망을 순식간에 희망으로 바꾸었다. 쉽게 절망하지 않아야 한다. 절망은 최후에 있어야 한다. 쉽게 절망하지 말고, 조금 더 기대하고 희망을 품어야 한다. 절망하니까 포기하게 되고 포기하게 되니 끝이 오는 것이다. 희망을 잃지 않으면 결말은 언제든지 변한다.

회
복

다 슬퍼했니?

네가 슬퍼하는 동안에도 새살이 돋아났어.

떠돌이별

그거 알아? 영어로 별은 STAR이라고 알려져 있지만, 그 단어가 모든 별을 포함하지는 않는다. 별은 고정된 별과 떠도는 별로 나뉘어. 붙박이별을 STAR, 떠돌이별을 PLANET이라고 하지. 대부분의 사람은 밤하늘에 떠 있는 작고 빛나는 존재는 모두 별이라고 생각해. 태양 빛에 반사되어 밝게 빛나는 행성도 우리가 보기에는 그저 별일 뿐이지. 한때는 모든 천체가 별이었다. 지금은 별에서 별을 제외하고 제외하고 또 제외해서 진짜 별이라 부를 수 있는 것이 한정되고 말았지. 그러니까 한때 우리는 별이었거나, 별이 아니었는데 별인 줄 착각해 까만 밤에 빛나는 존재에 위로를 얻었던 것이다. 생각해 보면 뭐가 정답이겠어. 정답은 늘 시기에 따라 변하기 마련인데. 우리가 아는 게 전부가 아니야. 우리가 별처럼 빛난다고 생각했던 사람이나 시기가 별이 아닐 수도 있지. 아니, 어쩌면 내가 별일 수도 있는 거야. 어떻게 정의하느냐에 따라 나의 존재가 달라지는 거야. 어떤 별이든 가까이서 보면 빛나지 않는 법이거든. 언제 어느 순간 찬란히 빛나고 있을지는 아무도 모르는 거거든. 그러니 너는 별이야. 사실은 빛나고 있어.

한
뼘
의

위
로

누구에게나 한 뼘만큼의 위로가 필요하다

작은 위로와 공감 한마디로

괜찮아지는 날이 있다.

수
치

최선을 다해서 해내고도
자신을 자랑스러워하지 않는 당신.
뭔가 창피하고, 미흡한 것 같고,
남보다 못한 것 같은 당신.
그래서 수치스러웠고, 사리게 되었으며
결국 새로운 도전을 하지 않게 된 당신.

과거에는 두려워하지 않았던 것을
혹시 지금 두려워하고 있나요?
어렸을 때는 잘 탔던 놀이기구를 타지 못하게 되고,
어렸을 때는 많은 사람 앞에 나섰으나 이젠 안 되고,
그렇게 하지 못하는 것들이 늘어났을지도 몰라요.

높은 곳에 올라도 양팔을 벌려 중심을 잘 잡았건만
땅에서 조금만 멀어져도 겁에 질리게 되었습니다.
수치란, 두려움이란, 어디에서 비롯될까요?
어쩌면 한계를 만든 것은 자신이었을지도 몰라요.
당신은 할 수 있는데, 충분히 잘했는데도요.

군이 타인과 비교해서 '보다' 잘할 필요 없어요.
꼭 잘해야만 할 필요도 없어요.
그저 해냄에 충만할 수 있기를.

당신은 충분한 사람이니까요.

나에게만 나쁜 일이 생기는 듯했다.
불행만 들러붙는 자석이 된 것 같았다.
이 피해망상의 끝에 찾은 정답은 하나였다.
나는 나를 사랑하지 않았구나.

다
시

시
작

다시 무언가 시작될 거라는 예감이 들어.

사랑하게 될 줄 알았어

초판 1쇄   2023년 2월 23일

지은이   천지혜

발행인   유철상
기획·편집   정유진
편집   홍은선, 김정민
디자인   노세희, 주인지
마케팅   조종삼, 김소희
콘텐츠   강한나

펴낸곳   상상출판
출판등록   2009년 9월 22일(제305-2010-02호)
주소   서울특별시 성동구 뚝섬로17가길 48, 성수에이원센터 1205호(성수동2가)
전화   02-963-9891(편집), 070-7727-6853(마케팅)
팩스   02-963-9892
전자우편   sangsang9892@gmail.com
홈페이지   www.esangsang.co.kr
블로그   blog.naver.com/sangsang_pub
인쇄   다라니
종이   ㈜월드페이퍼

ISBN 979-11-6782-115-7 (03810)